# 生まれてバンザイ

俵万智

童話屋

# まえがき

振り向かぬ子を見送れり振り向いた時に振る手を用意しながら

この一首が生まれた朝のことは、今でもよく覚えている。初めて、親のつきそいなしで、野外活動に出かけた息子。たしか幼稚園の年中のときのことだ。大勢の子どもたちに混ざって、ちょっぴりの不安と、たくさんのワクワクを抱えた表情で、バスに吸いこまれていった。

見送ったあと、何年かぶりに訪れた「自由な日曜日」には、思っていたような開放感はまったくなく、落ち着かない時間が、ただ過ぎてゆくだけだった。

今や小学生になった息子は、夏には二泊三日のキャンプに参加するほどである。日帰りぐらいで、あんなにどきどきしていた自分を、なつかしく思い出す。園児の息子は、もういない。園児の母だった私も、もういない。

子育ての歌は、刺身だな、と感じている。子どもとの時間は、とびきり新鮮で、とびきり美味しい。けれど鮮度のあるうちに言葉にしてしまわないと、あっというまに古びていってしまう。「いま」を味わいつくしたくて、私は子どもの歌を、これでもかというぐらい詠んできた。二泊三日のキャンプに出発するときの、引率の先生の言葉――「小学生の夏休みというのは、六回しかありません」。ひと夏ひと夏の大切さが、心にしみる一言だった。

このアンソロジーは、息子を身ごもってから、出産し、幼稚園を卒園するころまでの短歌を中心に編まれている。一年一年が、いや一日一日が、それぞれに二度とない時間だった。そのことを、あらためて思う。

一首一首を一篇の詩として、ときほぐすように味わいたいという編者の田中和雄さんのアイデアで、一ページに一首、何行かに分けて短歌をのせることになった。

通常の歌集では、一ページに三首、それぞれ一行で記されてきた歌たちが、なんだか「ほわっ」と、くつろいでいるように見える。直立不動で「気をつけ」していた状態から、自分の部屋でのんびりしている子どものようでもある。この試みによって、一首一首が、より豊かな表情をもって読者に出会ってくれたら、作者としてはとても嬉しい。そしていつか、このアンソロジーの部屋からも抜けだして、読む人の心の部屋に歌が住みついてくれたら、と願っている。

アンソロジーの最後のほうには、ほんの少しだけ、子育て以前の歌も入れることにした。おもに、恋の歌。ちなみに恋の歌は、刺身では出せないところがあって、じっくり煮込んだり、味つけに工夫をしたり、盛りつけに細心の注意をはらったり、している。短歌も、素材によって、調理法が変わるところがある。

子どもの成長にともなって、これからは子育ての歌にも、刺身ではない部分が出てくることだろう。そう考えると、このアンソロジーは、ひとつのかたまりとしての意味を帯びてくるようにも思う。

編者の田中さんとの出会いは、息子がお気に入りの『パタポン』という詩集が、童話屋から出版されていたことがきっかけだった。息子がもたらしてくれた出会いから、このようなアンソロジーが生まれることを、心から嬉しく思う。

二〇一〇年　夏

俵　万智

# 生まれてバンザイ

バンザイの姿勢で
眠りいる吾《あ》子よ
そうだバンザイ
生まれてバンザイ

陽のにおいくるんで
タオルたたみおり
母となる日が
我にもあらん

腹を蹴られ
なぜかわいいと思うのか
よっこらしょっと
水をやる朝

熊のように
眠れそうだよ母さんは
おまえに会える
次の春まで

耳はもう
聞こえていると言われれば
ドレミの歌を
うたってやりぬ

ぽんと腹をたたけば
ムニュと蹴りかえす
なーに思っているんだか、

夏

夕飯はカレイの煮つけ
前ぶれを待ちつつ過ごす
時のやさしさ

秋はもういい匂いだよ
早く出ておいでよ
八つ手の花も
咲いたよ

言葉にはうるさき母が
「おばあちゃんでちゅよ」と
言えり
霜月三日

昨日咲いた花と
おんなじだけ生きて
命ちいさく
のびをするなり

新生児ふかふか眠る
焼きたてのロールパンのごと
頭並べて

とりかえしつかないことの第一歩
名付ければ
その名になる
おまえ

薄き舌を
木の葉のようにふるわせて
アングリーボーイ
泣きやまぬ午後

おむつ替え
おっぱいをやり
寝かせ抱く
母が私にしてくれたこと

湯からあげ
タオルでくるむ
茹《ゆ》でたての
ホワイトアスパラガスのようだね

ふるえつつ
天抱くしぐさ
育児書は
モロー反射と
簡単に呼ぶ

泣くという音楽がある
みどりごをギターのように
今日も抱えて

親子という言葉見るとき
子ではなく
親の側なる
自分に気づく

年末の銀座を行けば
もとはみな赤ちゃんだった人たちの
群れ

眠りつつ
時おり苦い顔をする
そうだ
世界は少し苦いぞ

唯一の存在という危うさを
子と分かちあう
冬空の下

機嫌のいい
母でありたし
無農薬リンゴ
ひとかけ摺りおろす朝

私から生まれ
私に似ているが
私ではない
私のむすこ

乳はときに
涙にも似て
子の寝顔見れば
奥より
つんと湧きくる

子のために
食べる体となることの
カフェインレスの
コーヒー甘し

生きるとは
手をのばすこと
幼子《おさなご》の指が
プーさんの鼻を
つかめり

もう乳はいらぬと
舌で押し返す
小さき意志は
真珠の白さ

朝も昼も
夜も歌えり
子守歌
なべて眠れと
訴える歌

ついてってやれるのは
その入り口まで
あとは一人でおやすみ
坊や

はずみつけ
腰をひねって
おっとっと
寝返りはまだ
うまくできない

咲きおえし花のごとしも
ゆく春の
乳房はすでに
張らなくなりぬ

記憶には残らぬ今日を
生きている
子にふくませる
一匙《ひとさじ》の粥《かゆ》

クロッカスの
固き花芽の萌《きざ》すごと
ぽちりと
吾子の前歯
生え初《そ》む

葉桜のみどりに
すいと手を伸ばす
坊やいつまで
私の坊や

何度でも
ぴょんぴょん跳ねる膝の上
ここから
ここから
始まってゆく

子を真似て
私も本を噛んでみる
確かに
本の味がするなり

あの赤い花がつつじで
この白い花もつつじと
呼べる不思議さ

イチゴという言葉知らねど
この赤くあまずっぱいもの
子は好きになる

ろうそくの炎
初めて見せやれば
「ほう」と
原始の声をあげたり

しがみつきながら
体をかたむけて
子は
犬という生き物を見る

昨日すこし
今日もう少し
みどりごは
もこむく
もこむく
前へ進めり

この夏は猛暑の予感
ぐらゆらと
つかまり立ちを始める
おまえ

みどりごと散歩をすれば
人が
木が
光が
話しかけてくるなり

あーじゃあじゃ、
うんまばっぽー、
この声が
いつか言葉になってゆくのか

目覚めれば
我が太ももを越えてゆく
おまえと
やがて来る夏を待つ

一人遊びしつつ
時おり我を見る
いつでもいるよ
大丈夫だよ

こんもりと尻あげたまま
眠りいる吾子よ
疲れた河童のように

隅田川の花火だ今日は
甚兵衛《じんべえ》が似合うね
日本の男の子だね

耳の穴
こしょこしょ指で掻いてやる
猿の母さんのような気持ちで

夜泣きするおまえを抱けば
私しかいないいんだよと
月に言われる

舟になろう
いや波になろう
海になろう
腕にこの子を
揺らし眠らし

ものに名のあるとう不思議
知りそめて
朝ごと吾子が揺らす
「かあてん」

裸にするたび
小ささに驚けり
毎日毎日
抱いているのに

みどりごは
野から来たれり
つゆ草の青ほのぼのと
体に残し

たんぽぽの
綿毛を吹いて
見せてやる
いつかおまえも
飛んでゆくから

一、二、三、
四秒立った
五、六、七、
八秒立った
昨日今日明日

むしろ死に近きおさなご
這《は》いゆけば
ダメダメダメが
口ぐせとなる

誰が教えているのだろうか
右足の一歩の次は
左を一歩

初めての
もじょもじょぷつり
今朝吾子は
エノコログサの
感触を知る

自分の時間
ほしくないかと問われれば
自分の時間を
この子と過ごす

ぴったりと
抱いてやるなり
寝入りばな
ジグソーパズルの
ピースのように

「とんちんかん」と
書かれたページで
子は笑う
必ず笑う
「とんちんかん」で

竹馬のように
一歩を踏み出せり
芝生を進む
初めての靴

気配濃く
秋は来たれり
パンのこと
パンとわかって
パンと呼ぶ朝

「かーかん」と
呼んだ気がする昼下がり
コスモスだけが
頷《うなず》いている

さようなら
意味を知らないみどりごが
幸せ分かつように
手を振る

外遊び終えた
ズボンを洗うとき
立ちのぼりくる
落葉の匂い

叱られて
泣いてわめいてふんばって
それでも母に
子はしがみつく

歌おうよ
ぴっとんへべへべ春の道
るってんしゃんらか
土踏みしめて

外に出て
歩きはじめた君に言う
大事なものは
手から放すな

永遠に子は陸つづき
あかねさす半島として
おまえを抱く

納豆は「なんのう」
海苔は「のい」となり
言葉の新芽
すんすん伸びる

子を抱き
初めてバスに乗り込めば
初めてバスに
我が乗るごとし

夢の中で
夢の水などこぼしたか
「あーあ」と言って
寝返りをうつ

何度でも呼ばれておりぬ
雨の午後
「かーかん」
「はあい」
「かーかん」
「はあい」

壁紙のキリン
絵本のなかのキリン
子の知るキリンは
どれも動かず

怖れつつ
こちょこちょを待つ
子の瞳
濡れた小石のように輝く

「かーかん」に
いろんな意味の
しっぽあり
「かーかんやって」
「かーかんちょうだい」

揺れながら
前へ進まず
子育ては
おまえがくれた
木馬の時間

子の語彙《ごい》に
「痛い」「怖い」が加わって
桜花びら見送る四月

明け方の
錯覚たのし
一歳の我が
隣に寝ているような

この中に
アリがいるよと教えれば
子はアリの巣を
「なか」と覚える

「ばあば、　かぎ、　がちゃがちゃ」
吾子は
不器用な積み木のように
言葉を積めり

子を連れて
冷やし中華を食べに行く
それが私の
今日の冒険

いつの日も
自然は無言
もう一度
ひ弱な葦《あし》に
なれるだろうか

まだ何も
イヤなことなどなかろうに
イヤイヤイヤを
子は繰り返す

もう我が
何をしようと驚かぬ
母が驚く
孫の「コニチハ」

びっくりと
ブロッコリーは似ていると
子の発音を
聞きつつ思う

みかん一つに
言葉こんなにあふれおり
かわ・たね・あまい・
しる・いいにおい

着ぶくれて
石拾う子よ
人類は月まで行って
拾ってきたよ

リセットのできぬ命を
はぐくめば
確かに我は
地球を愛す

アルバムに
去年の夏を見ておりぬ
この赤ん坊はもう
どこにもいない

箸《はし》はまだ持てない
吾子の右の手が
我よりうまく
バッタをつかむ

子と我と
「り」の字に眠る秋の夜の
りりりるりりり
あれは蟋蟀《こおろぎ》

満月に向きあいて
子が暗唱す
那《な》由《ゆ》他《た》不可思議
無量大数

クレヨンの
一本一本に
名前書くとき
四月と思う

ボタンはめようとする子を
見守れば
ういあういあと
動く我が口

抱っことは
抱きあうことか
子の肩に顔うずめ
子の匂いかぐとき

はじめての波
はじめての白い砂
はじめての風
はじめての海

ぼくの見た海は
青くなかったと
折り紙の青
持ちて言うなり

振り向かぬ子を見送れり
振り向いた時に振る手を
用意しながら

「く」はワニのお口のかたち
「へ」はへんなお山のかたち
「し」はしっぽだね

ひたむきなものはうつくし
お遊戯に
子の手が咲かす
一輪の花

母さんは
いつもいつでもビリだった
ビリにはビリに見える
青空

子の声で
神の言葉を聞く夕べ
「すべてのことに
感謝しなさい」

一生を
見とどけられぬ寂しさに
振り向きながらゆく
虹の橋

「この味がいいね」と
君が言ったから
七月六日は
サラダ記念日

「今いちばん行きたいところを
言ってごらん」
行きたいところは
あなたのところ

思いきり愛されたくて
駆けてゆく
六月、サンダル、
あじさいの花

「嫁さんになれよ」
だなんて
カンチューハイ二本で
言ってしまっていいの

さくらさくら
さくら咲き初め
咲き終り
なにもなかったような
公園

自転車を漕いで
初めて会いにゆきし日の
スピードを思いつつ漕ぐ

チューリップの
花咲くような明るさで
あなた私を
拉致せよ二月

四万十《しまんと》に
光の粒をまきながら
川面をなでる
風の手のひら

「寒いね」と
話しかければ
「寒いね」と
答える人のいる
あたたかさ

白菜が
赤帯しめて店先に
うっふんうっふん
肩を並べる

悲しみが
いつも私をつよくする
今朝の心の
ペンキぬりたて

見えぬから
なおいつまでも見ておりぬ
海のむこうに
あるはずの国

恋という
遊びをせんとや
生まれけん
かくれんぼして
鬼ごっこして

ぶらんこに
うす青き風
見ておりぬ
風と呼ばねば
見えぬ何かを

# 編者あとがき

田中和雄

俵万智さんは一九六二年大阪に生まれました。早稲田大学を卒業して神奈川県立橋本高校の国語の先生になりました。大学時代に佐佐木幸綱先生の短歌に魅かれて歌作りを始めました。一九八七年、二四歳のとき出版した第一歌集「サラダ記念日」（河出書房新社刊）がたちまちベストセラーになり、その翌年現代歌人協会賞を受賞しました。以降、歌集「かぜのてのひら」（河出書房新社刊）、「チョコレート革命」（同）を出版。

二〇〇三年、万智さんは、赤ちゃんを生みました。愛称たくみん君といいます。今はもう小学校の一年生で、日本語はぺらぺらです。万智さんがお母さんになって詠んだ歌は、おもに「プーさんの鼻」（文藝春秋刊）に収められています。お母さんになる予兆は「サラダ記念日」のなかにすでに潜んでいました。こういう歌です。

陽のにおいくるんでタオルたたみおり母となる日が我にもあらん

身ごもった万智さんは、おなかの赤ちゃんに呼びかけます。

熊のように眠れそうだよ母さんはおまえに会える次の春まで

秋はもういい匂いだよ早く出ておいでよ八つ手の花も咲いたよ

いよいよ赤ちゃんが生まれました。

バンザイの姿勢で眠りいる吾子よ　そうだバンザイ生まれてバンザイ

たくみんくんの口からは喃語が聞かれるようになります。

あーじゃあじゃ、うんまぱっぽー、この声がいつか言葉になってゆくのか

それから、人間になるだいじな一歩。

一、二、三、四秒立った五、六、七、八秒立った昨日今日明日

一人遊びしつつ時おり我を見るいつでもいるよ大丈夫だよ

コトバを手に入れてゆくたくみん君。

納豆は「なんのう」海苔は「のい」となり言葉の新芽すんすん伸びる

編者は万葉集の好みの歌や秀れた現代短歌に出会うと、小さなタテ書きのノートに一頁に一首だけ、自分流の分かち書きにして現代詩を読むように楽しんできました。ところが凡そ短歌は啄木を除き一行で表現さ

れてきたものですから、どこかぎくしゃくして分かち書きに馴染むものはそう多くはありません。

ところが万智さんの歌は、コトバのリズムに合わせて分かち書きにすると、コトバがさざ波のようにさんざめき、秘められていた光がキラキラこぼれでるように見えてきます。とくに赤ちゃんを生んでからの万智さんのコトバには、お母さんのリズムが加わって、持ち前のユーモアやペーソスにも磨きがかけられました。ですから読者のお母さんたちからは「うん、そうそう、よくぞ言ってくれた」という感想がたくさん寄せられています。

どうぞあらためて本文の頁をごらんください。コトバたちは、一頁のスペースのなかで、遊び、うたい、かけまわり、なかにははみだしそうになる元気者もいるようです。現代詩そのものです。

万智さんは、たくみん君を生んだ幸せな気持ちを「かーかん、はあい」（朝日新聞出版刊）のさいごの頁「おかあさんへの贈り物」に書いています。「たくみんはかみさまから、なにをもらったかな？」と聞くと「うーんとね、げんきでしょ、かっこいいでしょ、よくねるでしょ、ごはんがすきでしょ……」「いっぱいあるねえ。じゃあ、おかあさんはなにをもらったと思う？」万智さんは「やさしい」とか「りょうりがじょうず」「たんかがじょうず」という答を密かに期待しますがたくみん君の答えはちがいました。

「わかった！おかあさんがもらったのは『たくみんが、うまれる』じゃない？」でした。たくみん君四歳の時のことです。「この答を、私は一生忘れないだろう」と万智さんは書きました。

編者はこの文章をくり返し読みました。読むたびに、熱いものがこみあげてくるのでした。万智さんは、たくみん君のお母さんをやっているうちに、いつのまにかたくさんの赤ちゃんや子どもたちのお母さんになって、優しい、深いいい歌をたくさん詠んでくれたのです。万智さんの歌は、日本中に響いていって、お母さんを幸せにし、子どもたちを幸せにしてくれるにちがいありません。

## 出典一覧

バンザイの（プー）10
陽のにおい（サラ）14
腹を蹴られ（プー）15
熊のように（プー）16
耳はもう（プー）17
ぽんと腹を（プー）18
夕飯は（プー）19
秋はもう（プー）20
言葉には（プー）21
昨日咲いた（プー）22
新生児（プー）23
とりかえし（プー）24
薄き舌を（プー）25
おむつ替え（プー）26
湯からあげ（プー）27
ふるえつつ（プー）28
泣くという（プー）29
親子という（プー）30
年末の（プー）31
眠りつつ（プー）32
唯一の（プー）34
機嫌のいい（プー）35
私から（プー）36
乳はときに（プー）37
子のために（プー）38
生きるとは（プー）39
もう乳は（プー）40
朝も昼も（プー）41
ついてって（プー）42
はずみつけ（プー）43
咲きおえし（プー）44
記憶には（プー）45
クロッカスの（プー）46
葉桜の（プー）47
何度でも（プー）48
子を真似て（プー）49
あの赤い（プー）50
イチゴという（プー）51
ろうそくの（プー）52
しがみつき（プー）53
昨日すこし（プー）56
この夏は（プー）57

みどりごと（プー）58
あーじゃあじゃ、（プー）59
目覚めれば（プー）60
一人遊び（プー）61
こんもりと（プー）62
隅田川の（プー）63
耳の穴（プー）64
夜泣きする（プー）65
舟になろう（プー）66
ものに名の（プー）67
裸にする（プー）70
みどりごは（プー）71
たんぽぽの（プー）72
一、二、三、（プー）73
むしろ死に（プー）74
誰が教えて（プー）75
初めての（プー）76
自分の時間（プー）77
ぴったりと（プー）78
「とんちんかん」と（プー）79
竹馬の（プー）80
気配濃く（プー）81
「かーかん」と（プー）82
さよならの（プー）83
外遊び（プー）84
叱られて（プー）85
歌おうよ（プー）86
外に出て（プー）87
永遠に（プー）88
納豆は（プー）89
子を抱き（プー）90
夢の中で（プー）91
何度でも（プー）94
壁紙の（プー）95
怖れつつ（プー）96
「かーかん」に（プー）97
揺れながら（プー）98
子の語彙に（プー）99
明け方の（プー）100
この中に（プー）101
「ばあば、かぎ、（プー）102
子を連れて（プー）103
いつの日も（プー）104
まだ何も（プー）105
もう我が（プー）106
びっくりと（プー）107
みかん一つに（プー）108
着ぶくれて（プー）109

リセットの（プー）110
アルバムに（未）114
箸はまだ（かー①）115
子と我と（かー①）116
満月に（かー①）117
クレヨンの（たん）118
ボタンはめ（かー①）119
抱っことは（たん）120
はじめての（たん）121
ぼくの見た（たん）122

振り向かぬ（かー②）123
「く」はワニの（かー②）124
ひたむきな（未）125
母さんは（たん）126
子の声で（たん）127
一生を（未）128
「この味が（サラ）131
「今いちばん（とれ）132
思いきり（サラ）133
「嫁さんに（サラ）134

さくらさくら（サラ）135
自転車を（かぜ）136
チューリップの（かぜ）137
四万十に（かぜ）138
「寒いね」と（サラ）139
白菜が（サラ）140
悲しみが（かぜ）141
見えぬから（かぜ）142
恋という（かぜ）143
ぶらんこに（チョ）146

プー…『プーさんの鼻』文藝春秋
サラ…『サラダ記念日』河出書房新社
かぜ…『かぜのてのひら』河出書房新社
たん…『俵万智の子育て歌集　たんぽぽの日々』小学館
かー①…『かーかん、はあい　子どもと本と私』朝日新聞出版
かー②…『かーかん、はあい　子どもと本と私②』朝日新聞出版
とれ…『とれたての短歌です。』角川書店
チョ…『チョコレート革命』河出書房新社
未…単行本未収録

俵万智（たわら まち）

歌人。一九六二年、大阪府門真市に生まれる。早稲田大学第一文学部卒業後、神奈川県立橋本高校教諭を四年間つとめる。八六年、「八月の朝」で角川短歌賞、八七年、第一歌集「サラダ記念日」（河出書房新社）を出版、翌年同書で現代歌人協会賞、二〇〇四年、「愛する源氏物語」（文藝春秋）で紫式部文学賞、〇六年、歌集「プーさんの鼻」（同）で若山牧水賞受賞。他の著作に「かぜのてのひら」（河出書房新社）、「チョコレート革命」（同）、「短歌をよむ」（岩波新書）、「かーかん、はあい（一、二）」（朝日新聞出版）、「ちいさな言葉」（岩波書店）ほか。「心の花」所属。読売新聞「読売歌壇」選者。

童話屋の本は
お近くの書店でお買い求めいただけます。
弊社へ直接ご注文される場合は
電話・FAXなどでお申し込みください。
電話 019-613-5035　FAX 019-613-5034

生まれてバンザイ
二〇一〇年一〇月一〇日初版発行
二〇二四年九月六日第一一刷発行
作者　俵万智
発行者　金丸千花
発行所　株式会社　童話屋
〒020-0871　岩手県盛岡市中ノ橋通二―一〇―一―七〇三
電話〇一九―六一三―五〇三五
製版・印刷・製本　株式会社　精興社
NDC九一一・一六〇頁・一五センチ

ISBN978-4-88747-104-7